Disney

Colección Princesa

Historias de Amor y Amistad

Silver Dolphin

CONTENIDO

CONTENIDO

Publicado en México en 2001 por Advanced Marketing, S. de R.L. de C.V.
Bajo el sello **Silver Dolphin Books**

Título Original: Disney's Princess Collection Love & Friendship Stories
Editado por Sarah E. Heller
Diseño de Todd Taliaferro
Traducción: Arlette de Alba

ISBN: 968-5308-73-X
Impreso en Singapur / Printed in Singapore.

4 5 6 7 8 03 04 05 06 07
Tercera reimpresión

WALT DISNEP

La Cenicienta

RATONES AL RESCATE

Cenicienta sostenía el antiguo vestido de su madre y se imaginaba en el baile real. El vestido necesitaba algunos ajustes, pero no sería difícil... si pudiera encontrar el tiempo.

"¡Cenicientaaaa!", gritaron de nuevo su madrastra y sus hermanastras. Se estaban arreglando para el baile y no daban a Cenicienta ni un momento de paz.

"Supongo que mi vestido tendrá que esperar", suspiró la pobre chica.

Cuando salió de la cocina, Jack, un ratoncito amigo de Cenicienta, dijo: "¿Saben qué? Cenicienta no irá al baile." Los otros ratones lo miraron sin creerle.

"¡Trabaja, trabaja, trabaja!", les explicó, disgustado. "Nunca logrará terminar su vestido."

Los animalitos amigos de Cenicienta decidieron
sorprenderla: arreglarían el vestido. Después de todo, ella los
había cuidado durante años. Justamente ese mismo día había
rescatado al pobre Gus de una ratonera. Y después lo había
vestido, alimentado y protegido del detestable gato de su
madrastra. De
modo que,
ayudados por los
pájaros, su familia
del desván levantó
cintas, tijeras y
agujas para hacer

que el sueño de Cenicienta se convirtiera en realidad.

"¡Oh, muchas gracias!", exclamó la hermosa joven cuando

vio lo que sus amigos habían hecho. Los pájaros y los ratones estaban encantados de ver a Cenicienta tan feliz. Se merecía pasar una velada especial. Nunca se quejaba de todo lo que tenía que soportar de sus hermanastras y su madrastra, y esperaba encontrar algún día la verdadera felicidad.

Sin embargo, no pasó mucho tiempo antes de que su madrastra y hermanastras le arrancaran también esa esperanza. Hicieron jirones su hermoso vestido y la dejaron sola, sollozando en el jardín.

"Ya, ya", murmuró una voz desconocida. El hada madrina de Cenicienta apareció por arte de magia.

"Seca tus lágrimas", le dijo. "No puedes ir al baile en esa

facha."

Cenicienta comenzó a explicar que no iba a ir al baile, pero

su hada madrina no quería escucharla. Con un pase de su

varita mágica, convirtió una calabaza en un carruaje magnífico.

Cenicienta y sus amiguitos se sintieron maravillados ante la magia. "Bibidi, badidi, bu", cantó el hada madrina.

En unos instantes, cuatro ratones, entre ellos Gus y Jack,

se transformaron en briosos caballos.

En cuanto a Cenicienta, su vestido brillaba como un

diamante. La joven no podía creer que fuera su imagen la que

se reflejaba en la fuente.

"¡Es más de lo que había

esperado!", exclamó, con los

ojos destellando de alegría.

Al llegar al palacio,

Cenicienta se internó en un

mundo de ensueño. Cuando

ella y el príncipe bailaban

por el gran salón, todos

miraban a la hermosa joven que había cautivado al heredero.

"¿Quién es?", se preguntaban. "Debe ser una princesa."

Nadie se habría imaginado que esa mañana ella vestía

harapos.

¡Cenicienta nunca había sentido tal felicidad! Cuando el

apuesto príncipe le hizo una reverencia, la joven sintió que su corazón latía con fuerza. Bailaron en el jardín del castillo, inmersos en el esplendor de la noche.

Mirándola a los ojos, el príncipe se inclinó para besarla

justo en el momento en que el reloj daba las doce. Al escuchar las campanadas, recordó que su hada madrina le había advertido que el hechizo se rompería a medianoche. Al correr por la monumental

escalera, perdió una de sus delicadas zapatillas de cristal.

Al día siguiente, mientras hacía el trabajo de la casa, la joven canturreaba soñadora. La madrastra se dio cuenta de que Cenicienta era el misterioso amor del príncipe, y la encerró en el desván.

"¡No! Por favor, déjeme salir", lloraba Cenicienta.

Sabía que el gran duque estaba probando la zapatilla de

cristal a cada doncella del reino y pronto llegaría a su casa.

"Debemos conseguir esa llave", le dijo Jack a Gus. A pesar del peligro, sacaron la llave del bolsillo de la madrastra y luego la empujaron para subir las largas escaleras. Haciendo un último esfuerzo, los exhaustos amiguitos de Cenicienta finalmente lograron deslizar la llave bajo la puerta.

"¡Gracias, muchas gracias!", exclamó la joven.

Cuando bajaba las escaleras a toda prisa, Cenicienta escuchó el sonido de cristal roto. ¡La zapatilla que había perdido en el palacio se había hecho añicos! Pero sacó la otra

zapatilla de su bolsillo y le preguntó al gran duque: "¿Puedo probarme ésta?"

La zapatilla le quedó a la perfección y así se demostró que

Cenicienta era precisamente la doncella que había robado el corazón del príncipe.

Jack y Gus aclamaron alegres a su hermosa amiga, cuyos sueños se habían vuelto realidad.

La Bella Durmiente

La amistad de las hadas

En un reino mágico vivían tres hadas amables y gentiles: Flora, Fauna y Primavera. Trabajaban juntas para producir belleza, felicidad y amor. Sólo gracias a la fuerza de su amistad podían derrotar el malvado poder de su rival, Maléfica.

Un día, después de que Maléfica hiciera caer un poderoso hechizo sobre la recién nacida princesa Aurora, las tres hadas buenas conspiraron en

secreto para proteger a la inocente bebita. "Maléfica no sabe nada del amor o de la generosidad, ni del gozo de ayudar a otros", le recordó Fauna a sus amigas.

Este pensamiento hizo que a Flora se le ocurriera una idea. Maléfica jamás esperaría que ellas vivieran no como hadas sino como simples campesinas para criar a la niña. Fauna

estaba encantada con la propuesta, pero Primavera, que era la más práctica de las tres, no quería renunciar a su varita. "Nunca antes hemos hecho nada sin magia", se quejaba. Flora insistió en que podrían hacerlo si trabajaban juntas.

Cuidaron a la hermosa princesa con amor, como si fuera su propia hija. Para esconderla, la llevaron a una cabaña en el bosque y la llamaron Rosa. Ésta vivió ahí mucho tiempo, y la

tarde anterior al día en que

cumpliría dieciséis años, las

haditas quisieron prepararle

una sorpresa y la enviaron al

bosque a recoger moras.

Aunque estaban tristes porque

esa tarde debían devolverle la

chica a sus padres, el rey y la

reina, se sentían muy contentas al pensar en su felicidad

futura.

Aurora cantaba mientras recogía las moras. Tenía una voz

angelical, y las ardillas, las aves y demás animales del bosque

se acercaron a escucharla. Ella les contó un sueño donde conocía un apuesto extraño y se enamoraba.

En las cercanías, el príncipe Felipe paseaba en Sansón, su brioso caballo. Al escuchar el hermoso canto de Aurora, preguntó. "¿Qué crees que sea? ¿Tal vez un duende del bosque?" Se sentía tan embelesado por la canción que le prometió a Sansón

una zanahoria si seguía la música. Emocionado, el caballo

corrió demasiado rápido e hizo caer a su jinete en un arroyo.

"¡No habrá zanahorias para ti!", le dijo el príncipe.

Al ver la ropa mojada, algunos conejos y un búho
decidieron disfrazarse para jugar con Rosa. Ella se rió y bailó
con el supuesto desconocido hasta que se dio cuenta de que
un hombre de verdad había tomado el lugar de sus amigos del

bosque. Cuando ella trató de alejarse, el príncipe la llamó y le dijo: "Pero no soy un extraño. Ya nos conocíamos."

Y le recordó la canción que ella había cantado: "Así lo dijiste... 'en un sueño'."

Al verlo de cerca, Aurora sintió que en realidad lo conocía. Su sonrisa la hizo confiar en él, y le dio la mano para bailar y

caminar por el espléndido bosque. Con una suave caricia y una mirada tierna, enseguida supieron que habían conocido el amor verdadero.

"¡Este es el día más feliz de mi vida!", exclamó Rosa al regresar a la cabaña. Sin embargo, a Flora, Fauna y Primavera no les complacía saber del apuesto desconocido.

Cuando le explicaron que ella era una princesa, Aurora se sintió desesperada. Pensaba que jamás volvería a ver a su enamorado.

Con tristeza, las haditas llevaron a la princesa a su hogar en

el castillo, pero no se dieron cuenta de que Maléfica las había descubierto y que esperaba el momento de cumplir su maldición.

Cuando Aurora se pinchó el dedo en el huso de una rueca y todo el castillo cayó en un profundo sueño, las buenas hadas supieron que sólo un beso de amor verdadero podría despertar a la bella durmiente.

Investigaron quién era el apuesto desconocido que Aurora

había encontrado en el bosque y al saber que era el príncipe

Felipe, fueron inmediatamente al castillo de Maléfica para

rescatarlo del calabozo. Las tres haditas combinaron sus poderes de bondad en un conjuro fatal para la malvada Maléfica. "Espada de la verdad, vuela segura y ligera para acabar con la maldad y que el bien prevalezca." Su

encantamiento, combinado con la fortaleza de corazón del príncipe Felipe, acabó con el fiero dragón en el que Maléfica se había convertido.

Un tierno beso despertó a Aurora, que al abrir sus ojos vio el rostro de su verdadero amor. Cuando el príncipe Felipe y la princesa Aurora proclamaron su amor frente al reino, las hadas bailaron llenas de gozo, pues sabían que su bella Rosa viviría feliz para siempre.

Disney

LA SIRENITA

PRINCESA DEL MAR

Ariel veía llena de amor al hombre que había rescatado. Aunque su padre le había prohibido nadar hasta la superficie, la aventurera sirenita no podía renunciar a su deseo de conocer el mundo de los humanos. Con el príncipe Eric aún inconsciente, ella le acarició el rostro con ternura. ¡Era tan apuesto!

Deseaba con todo su corazón permanecer en esa playa y bailar con el hombre de sus sueños. "¿Qué no daría por quedarme aquí a tu lado?", cantaba. "¿Qué no haría por ver que me sonríes?" ¡Estaba decidida a encontrar la manera de lograrlo!

Sebastián, el amigo
en el que más confiaba
su padre, trató de
convencer a Ariel de
que sería más feliz bajo
el mar. El rey Tritón le
había encargado que
vigilara a su hija más

joven, y Sebastián no quería decepcionar al rey. "Aquí abajo
está tu hogar", le dijo a Ariel, pero a pesar de sus esfuerzos para
que apreciara las maravillas del océano, nada pudo cambiar su
deseo de estar con el príncipe Eric. Estaba enamorada.

Sólo Flounder, su mejor amigo, la comprendía. Para darle una encantadora sorpresa, llevó a Ariel junto a una estatua del príncipe que había caído al fondo en el naufragio. "¡Flounder, eres el mejor!", exclamó.

"Es idéntica a él."

Mientras la sirenita imaginaba un romance con Eric, el rey Tritón se presentó en la gruta secreta de Ariel. Al ver la colección de cosas que tenía del mundo

"bárbaro" de tierra firme, levantó su tridente y destruyó todos los tesoros de Ariel, en un último intento por protegerla de los peligros del mundo humano.

Desesperada, Ariel le pidió ayuda a Úrsula, la Bruja del

Mar. A cambio de su voz, Úrsula transformó en piernas la cola de la sirenita. Pero para seguir siendo humana, tendría que recibir un beso de amor verdadero en los próximos tres días, antes de que cayera el sol.

Feliz de ser humana al fin, Ariel, emocionada, movía los dedos de sus pies mientras Sebastián la observaba, sin poderlo creer. "Marcharé a casa ahora mismo y se lo diré al Rey del Mar", dijo, pero cuando vio la tristeza en los ojos de Ariel supo que nunca sería feliz como sirena. "Está bien", decidió. "Te ayudaré a encontrar a tu príncipe."

Scuttle, la gaviota, consiguió un vestido. Pasó poco tiempo

antes de que llegara
el príncipe Eric.

"¡Eres tú!",
exclamó. "¡Te he
estado buscando!"
Ariel asintió con la
cabeza, pero no podía
hablar. Eric

recordaba que la joven que lo había rescatado tenía la voz más
hermosa del mundo. "Oh, entonces no eres la que yo pensaba",
suspiró.

Sin embargo, la llevó a su castillo y cuando cenaron juntos

esa noche, Ariel lo hizo reír por primera vez en semanas. Al día

siguiente la llevó a conocer su reino, encantado con el

entusiasmo de la joven por todo, desde los caballos hasta el

teatro de títeres. Ella lo hizo bailar y se emocionó mucho

cuando él la dejó
llevar las riendas de
regreso al castillo.
Impresionado y
sorprendido por la
naturaleza
encantadora y
divertida de la joven,

Eric disfrutó muchísimo con la visita de su nueva invitada.

Sebastián decidió crear un ambiente romántico esa tarde,
cuando Ariel y Eric remaban en un tranquilo lago. Con la
música suave y el reflejo de la luna sobre el agua, el príncipe se

inclinó para besar a Ariel.

De repente, ¡las anguilas de Úrsula volcaron el bote!

Para hipnotizar a Eric, la Bruja del Mar se convirtió en una

bella joven llamada Vanessa. Vanessa fingió ser la misteriosa

chica de sus sueños y planeó su boda para hacer fracasar los

planes de amor de Ariel.

Scuttle les pidió a las criaturas del mar que le ayudaran a

impedir la boda, mientras Flounder llevaba a Ariel hasta el

barco nupcial. Cuando sus amigos rompieron el collar mágico de Vanessa, Ariel recuperó la voz y el hechizo que pesaba sobre el príncipe Eric se desvaneció. El joven corrió hacia su amada, sintiéndose aliviado al saber que ella era la que siempre había querido. Pero su beso llegó demasiado tarde: Ariel se había

convertido en sirena de nuevo, y Úrsula la arrastró al agua.

"La perdí una vez. ¡No volveré a perderla!", gritó el príncipe al momento que se lanzaba a las profundidades del océano. Con toda su fuerza y el poder del amor verdadero, Eric destruyó a la poderosa Bruja del Mar.

Cuando llegó, exhausto, a la playa, Ariel lo miraba desde la lejanía.

"Ella realmente lo ama, ¿verdad?", le dijo el rey Tritón a Sebastián. Con ternura, le otorgó a su hermosa hija su mayor deseo. Al casarse con su príncipe, Ariel finalmente conoció la verdadera felicidad.

Cuando Eric besó a la novia, Sebastián, Flounder y Scuttle les aplaudieron, junto con todas las criaturas del mar, bajo un arco iris de alegría.

La Bella y La Bestia

Amigos muy especiales

Hace muchos años, una hermosa joven tuvo que quedarse a vivir en un castillo encantado junto a una horrible bestia. Bella aceptó quedarse como prisionera en lugar de su padre. Al poco tiempo descubrió que ella y la Bestia no

eran los únicos habitantes del castillo.

"¡Esto es imposible!", apenas pudo decir Bella, cuando se

dio cuenta de que los sirvientes del castillo estaban convertidos

en objetos domésticos. Con su cálida bienvenida, la Sra. Potts, la tetera, y su hijo, Chip, una tacita, muy pronto la hicieron

sentir como en su casa. "Al final todo se arreglará, ya lo verás",

la consoló la Sra. Potts.

Mientras tanto, la inquietud dominaba a la Bestia. La

hechicera que había convertido a

ese apuesto príncipe en una bestia

espantosa le había advertido que,

para que el hechizo se rompiera,

antes debería aprender a amar y

ser amado. Ya había perdido toda

esperanza, hasta que llegó Bella.

Ahora temía que ella nunca lo

viera como algo más que un monstruo. "Es tan hermosa y yo... bueno, ¡mírenme!", les gritó a sus sirvientes.

"Debes ayudarla a ver más allá del exterior", le aconsejó la Sra. Potts. Ella y Lumiere, el candelabro, le hicieron algunas sugerencias:

actuar como caballero, halagarla, ser amable y sincero. "Y sobre todo", dijeron al unísono, "¡debes controlar tu mal carácter!"

La Bestia trató de ser cortés cuando le pidió a Bella que lo acompañara a cenar, pero estaba acostumbrado a dar órdenes

y ser obedecido. Cuando Bella se rehusó, estalló en cólera y frustración. "Si no quiere comer conmigo, ¡entonces no comerá nada!", rugió.

A pesar de las órdenes de su amo, la Sra. Potts no podía dejar que Bella pasara hambre. En lugar de eso preparó un fantástico banquete mientras Lumiere la entretenía con un espectáculo. Los cubiertos y la vajilla bailaron mientras el candelabro cantaba, y todos corearon: "¡Sé nuestra

huésped!" Bella estaba feliz y se rió. "¡Estuvieron

maravillosos!", exclamó mientras aplaudía.

Aunque le había tomado cariño a sus nuevos amigos, Bella

no quería saber nada de la Bestia. La joven sólo comenzó a

confiar en él después de que éste le demostró que se

preocupaba por

ella, al protegerla

de los lobos.

Poco a poco

se hicieron

amigos. Un día,

mientras jugaban

en la nieve, Bella observó que la Bestia alimentaba a las aves y se dio cuenta de que había un aspecto de él que nunca había visto: su lado amable y gentil.

La Bestia estaba feliz de que Bella ya no sintiera miedo de él. Quería darle un regalo por traer de nuevo la alegría a su vida. Le cubrió los ojos y la condujo a su enorme biblioteca. Cuando Bella vio todos esos libros, no podía creerlo.

"Son tuyos", le dijo

la Bestia. Sabía que a Bella le encantaban los libros.

"¡Muchas, muchas gracias!", sonrió la joven.

Bella le leía a la Bestia y su amistad se fortaleció.

Conversaban y reían juntos como no lo hacían con más nadie.

Por último, se planeó una velada especial. La Bestia quería

que todo fuera

perfecto, pero pensaba

que él mismo nunca

estaría presentable.

Dindón, el reloj de

repisa, y Lumiere le

ayudaron a prepararse,

asegurándole que se veía apuesto y elegante.

Cuando vio a Bella en su vestido de fiesta, la Bestia le hizo una reverencia, lleno de admiración. En la cena se comportó como un perfecto caballero y cuando la Sra. Potts empezó a

cantar una canción de amor, Bella y la Bestia bailaron en el

gran salón, felices uno en los brazos del otro.

Los sirvientes, que los miraban desde la puerta, estaban

dichosos. Nunca se habrían imaginado que el amor que la

Bestia sentía por Bella le haría dejarla ir. "Eres libre de irte", le dijo. Se había compadecido y no podía seguir teniéndola prisionera.

Bella fue a visitar a su padre, que estaba enfermo, pero el corazón de la Bestia estaba destrozado. Cuando los aldeanos atacaron su castillo, los dejó entrar. Bella se dio cuenta de que su lugar estaba con la Bestia y trató de detener

a la muchedumbre. Pero era demasiado tarde, la Bestia estaba herida y agonizaba.

"Al menos he podido verte por última vez", le dijo mirándola a los ojos.

"¡No!", lloró Bella. "¡Te amo!"

De pronto, bajaron del cielo rayos de luz. La Bestia recobró su forma humana. Bella miraba maravillada al apuesto príncipe.

"Bella, soy yo", le aseguró.

Al mirar al fondo de sus ojos, ella vio la generosidad y el amor de su amigo.

"¡Eres tú!", exclamó y lo besó llena de júbilo.

El cielo se iluminó con fuegos artificiales y sus amigos
volvieron a ser humanos. Entre abrazos y risas, celebraron con
un fantástico baile en su resplandeciente castillo. Al verlos
bailar, todos se complacían en el inmenso amor de la Bella y la
Bestia.

Disney

MULAN

LOS CONSEJOS DE UN AMIGO

Hace mucho tiempo, en un lugar más allá de la Gran Muralla China, un pequeño dragón llamado Mushu dejó su hogar ancestral para acompañar a la joven Mulan, que se había cortado el cabello y vestido como hombre a fin de tomar el lugar

de su padre en la guerra contra los feroces hunos. Se suponía que Mushu la protegería y la cuidaría.

"Camina como un hombre, separa las piernas", le aconsejaba Mushu cuando iba entrando al campamento. "Golpea a los muchachos en el brazo, eso les gusta. Y ponles apodos y escupe mucho."

Con cada consejo de Mushu, Mulan causaba más líos. Al poco rato, todos los reclutas estaban peleando. Cuando llegó el capitán Shang, el campamento era un caos total.

"Me llamo... mmm... Ping", le dijo Mulan a Shang, mientras trataba de que su voz sonara como de hombre. Shang acababa de recibir su ascenso a capitán y era muy estricto con los buscapleitos.

Shang era un líder fuerte y capaz y, aunque Mulan se sentía torpe e inadecuada, trabajó duro y usó la cabeza para ganarse su respeto. Todos los soldados admiraban la determinación de Ping y sus actos los inspiraban. Sin embargo, ni siquiera sus mejores amigos,

Chien-Po, Ling y Yao, sabían que "Ping" era mujer.

Shang condujo de inmediato a su tropa para unirse al Ejército

Imperial. Mulan y sus amigos iban cantando. Desgraciadamente,

su buen ánimo se congeló cuando descubrieron que el ejército y la

aldea estaban en ruinas.
Shang quedó especialmente
afligido cuando se dio cuenta
de que su padre, el general,
había muerto en la batalla.
Mientras Mulan trataba de
consolarlo, los hunos
regresaron.

Demostrando que era un gran soldado, lleno de valor, Mulan,
ayudada por Mushu, causó una avalancha que enterró al enemigo.
Aunque la habían herido durante la batalla, Mulan todavía pudo
saltar en su caballo y salvar a Shang del torrente de nieve.

Mientras Chien-Po y los demás los ayudaban a ponerse a salvo, Shang volvió en sí y miró a Mulan con admiración. "De ahora en adelante tienes mi confianza", le dijo y le dio las gracias. Muy pronto, la sonrisa de Mulan se convirtió en dolor, pues al

curar su herida todos supieron la verdad acerca de "Ping".

En la China de esa época, el engaño de Mulan se castigaba con la muerte, pero Shang se compadeció de ella.

"Tu vida por la mía", declaró.

Abatida, Mulan vio partir a las tropas y se quedó sola con Mushu. Con el corazón apesadumbrado, Mulan le confió a su amigo: "Yo sólo quería hacer bien las cosas, para cuando me mirara al espejo ver a alguien que valiera la pena. Pero me equivoqué. No veo nada."

Tratando de hacerla sentir mejor, Mushu le confesó que él se había propuesto

convertir en héroe a Mulan para poder recuperar su puesto como guardián. "Al menos tú arriesgaste tu vida para ayudar a los que amas. Yo arriesgué tu vida para ayudarme a mí", le dijo.

Mulan abrazó al dragoncito. ¿Cómo enojarse con un amigo como él?

El momento de calma se hizo añicos cuando Mulan se dio cuenta de que algunos hunos habían sobrevivido. Corriendo a todo galope hacia la

Ciudad Imperial para advertirle a Shang, Mulan llegó momentos antes de que el emperador fuera hecho prisionero.

Chien-Po, Ling y Yao intentaban derribar la puerta del palacio. "¡Hey, muchachos, tengo una idea!", les dijo Mulan. Como les urgía la ayuda de su ingeniosa amiga, permitieron que

Mulan los vistiera como mujeres. Juntos escalaron la pared y atacaron a los desprevenidos hunos. Al darse cuenta de que podía confiar en ella, Shang la siguió de inmediato.

Rescataron al emperador, pero Shan Yu, el jefe de los hunos, atacó furioso a Shang. Para protegerlo, Mulan se reveló como el soldado que lo había derrotado en la montaña. Shan Yu empezó a perseguirla con fiereza.

Juntando sus cabezas, la chica y el dragón fraguaron un plan.

Mulan hizo que Shan Yu la siguiera hasta lo alto del palacio, y con

su espada clavó la túnica del huno al techo justo cuando Mushu

le lanzaba un cohete. Shan Yu cayó sobre una torre de fuegos

artificiales.

Mulan estaba feliz de volver a casa. Se había dado cuenta que era especial tal como era, y de que tenía amigos con los que podía contar. Le entregó la espada del emperador a su padre y él le dio la bienvenida. Shang la siguió, pues el emperador le había ayudado a darse cuenta de que sus sentimientos por Mulan habían cambiado. Ella era mucho más que un buen guerrero. Finalmente, el corazón de Mulan estaba satisfecho.

En cuanto a Mushu, el feliz dragoncito recuperó su puesto de guardián. "¡Que traigan los rollos fritos!", gritó, celebrando entre los alegres ancestros.

Disney

DUMBO

Sɪ no fuera por los amigos...

La mamá de Dumbo estaba encerrada. El pobre elefantito se sentía abandonado en el mundo. Sin las tiernas caricias de su mamá y sus divertidos juegos, estaba triste y solo. Los otros elefantes lo culpaban de que su mamá estuviera presa. Se reían de sus enormes orejas y le dieron la espalda cuando más necesitaba cariño y comprensión.

Sin poderlo creer, un amistoso ratoncito de nombre Timoteo escuchaba los chismes malintencionados de los elefantes grandes. Como sabía que un ratoncito como él podía causarles terror, decidió darles el susto de su vida. Después de todo, alguien tenía que apoyar al pequeño Dumbo. ¿Y qué había de malo en tener grandes orejas?, pensó Timoteo. Por lo que a él se refería, Dumbo era un lindo elefantito.

De modo que Timoteo movió sus brazos y sacó la lengua. Los elefantes temblaron de miedo y se treparon a los

postes del circo para escapar del ratoncito. "¡Molesten a alguien de su tamaño!", les gritó Timoteo.

Después, soltó la carcajada por la tontería de los elefantes. "Pensar que le tienen miedo a un ratoncito", se rió. "Esperen a que le cuente al chico."

Pero Dumbo también le tenía miedo a Timoteo. Se escondió

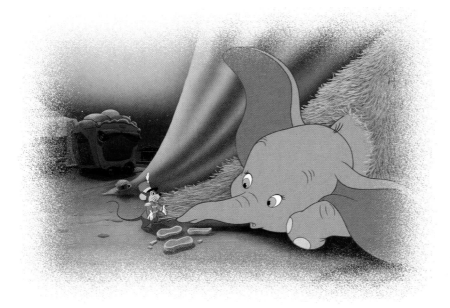

en un montón de paja y no quería salir ni siquiera por un cacahuate.

"Soy tu amigo", aseguró Timoteo y le

dijo a Dumbo que sus orejas eran especiales. Después le prometió ayudarle a liberar a su madre, si el elefantito por fin salía. Entre titubeos, Dumbo finalmente miró a su nuevo

protector y decidió confiar en él. Salieron en busca de un milagro.

"Te convertiremos en la estrella del circo", le sugirió Timoteo con confianza. Tenía un plan. Esa noche, se escabulló dentro de la tienda del maestro de ceremonias y le murmuró su grandiosa idea al hombre dormido. "¡Dumbo!", repetía una y otra vez.

Pensando que se le había ocurrido esa idea en un sueño, el maestro de ceremonias anunció su increíble acto nuevo: ¡el elefante más pequeño saltaría desde un trampolín a lo alto de

una impresionante pirámide de paquidermos!

Dumbo estaba nervioso, pero Timoteo lo animó a intentarlo. El elefantito iba corriendo hacia el trampolín cuando se tropezó con sus orejas y cayó, golpeando la enorme pirámide y derrumbando la carpa.

Después de eso, para empeorar las cosas, el maestro de ceremonias puso a Dumbo a trabajar de payaso. El pobre chico no confiaba en los demás payasos, porque lo obligaban a saltar desde un edificio en llamas. ¡Dumbo nunca se había

sentido tan asustado y humillado! Cuando terminó el espectáculo, el elefantito lloraba desconsolado.

Timoteo trató de alegrar a su amigo. Le ofreció cacahuates mientras le quitaba la pintura de payaso con agua tibia y jabonosa. Pero Dumbo no dejaba de llorar. Timoteo sabía que la única que ahora podía ayudar a Dumbo era su madre, de modo que consiguió arreglar una corta visita.

Ella sólo podía acariciarlo con su trompa, pero Dumbo se

sintió reconfortado con el amor de su madre, y aunque estaba

triste de tener que regresar a su tienda sin ella, Dumbo estaba

muy agradecido por la ayuda de Timoteo.

A la mañana siguiente, después de tener unos sueños raros e inquietantes, el ratón y el elefante despertaron en lo alto de un árbol. Unos cuervos se rieron al ver caer a los amigos en un estanque.

"No les hagas caso a esos pajarracos", le dijo Timoteo a Dumbo, pero el elefantito ya se alejaba, cabizbajo. Siempre

alguien se reía de él y sus enormes orejas. Sólo Timoteo creía que lograrían hacer grandes cosas.

"¡Ya sé, Dumbo!", gritó su amigo. Timoteo había estado tratando de imaginarse cómo habían llegado a lo alto de ese árbol, cuando de pronto se dio cuenta de lo especial que eran en verdad las orejas de Dumbo. ¡Unas alas perfectas! "¡Puedes volar!", le dijo alegremente Timoteo.

Esta noticia hizo que los cuervos cayeran al suelo de la risa. "¿Alguna vez has visto volar un elefante?", se burlaron.

Timoteo defendió a

su amigo y regañó a los cuervos por ser tan insensibles. "¿Les gustaría que los separaran de su madre siendo apenas unos bebés y que luego los dejaran en un mundo frío, cruel y desalmado?", vociferaba.

Los cuervos dijeron que lo sentían y que no era su intención lastimarlo.

"Lo que necesita es esta pluma mágica", dijo un cuervo.

Timoteo se la mostró a su amigo: "¿Lo ves, Dumbo?
¡Puedes volar!"

Sosteniendo la pluma en su trompa, Dumbo cerró los ojos y
aleteó con las orejas. ¡Deseaba con toda su alma creerle a
Timoteo! ¡Estaba volando!

Cuando volvió a abrir los ojos, el elefantito se sintió lleno de

júbilo. Sostenía con fuerza la pluma, volando por el cielo como

un pájaro. Timoteo lo vitoreaba desde su asiento en el sombrero

de Dumbo y los cuervos elogiaban el talento del elefantito.

No pasó mucho tiempo antes de que la predicción de Timoteo sobre su estrellato se hiciera realidad. La siguiente vez que Dumbo saltó desde el edificio en llamas, soltó la pluma mágica y sintió pánico, pero de inmediato Timoteo le aseguró que podía volar solo. Al recuperar su confianza, Dumbo pudo planear y asombró a todos los que un día se habían burlado de las enormes orejas del elefante.

¡Por fin Dumbo y

su madre estarían juntos! Timoteo se sintió muy honrado al firmar como representante del único elefante volador del mundo.

Disney

El Zorro y el Sabueso

AMIGOS PARA SIEMPRE

Tod era un zorro y Toby era un sabueso. Jugaban a las escondidas, nadaban en el agua, luchaban y corrían juntos. Como ignoraban que supuestamente un zorro y un sabueso no debían jugar juntos, se hicieron amigos. Cada

mañana esperaban
con ilusión
encontrarse en el
bosque para pasar un
día más de
despreocupada
diversión.

"Siempre seremos
amigos, ¿verdad,
Toby?", le preguntó
un día Tod cuando chapoteaban en el estanque.

Toby asintió. Eran los mejores amigos. Mientras se

perseguían bajo la luz del atardecer, ninguno de los dos podía imaginarse una razón que pudiera cambiar eso.

Pero una mañana, Tod se quedó esperando a Toby para jugar. Amos, el dueño del cachorro, había decidido que ya era

hora de que Toby aprendiera a cazar, como su viejo perro, Jefe. Toby quería a Jefe como a un padre. Deseaba impresionarlo y muy pronto aprendió a seguir el olor de muchos animales, incluyendo zorros.

Mientras Toby estuvo lejos, Tod se sintió solo. La Viuda Tweed, que había cuidado a Tod desde que era huérfano, se lo llevó a su casa para que la acompañara durante el largo invierno. Sin embargo el zorro, que cada día crecía más, extrañaba a sus amigos. Extrañaba a Mamá Búho, la lechuza, con sus historias emocionantes y sus sabios consejos. Extrañaba las simples travesuras de Dinky y Trabalenguas, sus amigos pájaros, cuando intentaban atrapar una oruga, sin lograrlo. Y sobre todo extrañaba jugar con su amigo Toby.

Cuando por fin llegó la primavera, corrió al exterior, feliz de estar al aire libre. Mientras hablaba emocionado con Mamá

Búho, Dinky y Trabalenguas, escuchó el camión de Amos Slade por el camino. ¡Toby había regresado!

Sus amigos trataron de advertirle que Toby podía ser diferente ahora que el sabueso era un perro de caza, pero Tod se negó a creer que Toby alguna vez pudiese convertirse en su

enemigo. "¡Toby es mi amigo!", insistía.

Esa noche, mientras Jefe y Amos dormían, Tod visitó a su viejo amigo y se sorprendió mucho cuando Toby le dijo: "Ya no podemos jugar juntos." Mientras el zorro trataba de convencer a su amigo de que recapacitara, Jefe se despertó y corrió tras Tod.

Cuando Amos le
ordenó a Toby que
ayudara a perseguir al
zorro, el sabueso condujo
a propósito al cazador y a
Jefe en la dirección
equivocada. "No quiero

que te hagan daño", le murmuró Toby al asustado zorro.

"Corre hacia allá." Tod le obedeció feliz, dándose cuenta de que

su amistad no se había acabado.

Cuando el zorro regresó a casa, la Viuda Tweed estaba muy

angustiada. Quería que Tod estuviera feliz y a salvo, pero sabía que ya no podía protegerlo de Amos. Con tristeza, abrazó al zorro, le quitó su collar y lo dejó libre en un santuario de vida silvestre, donde pensó que estaría a salvo.

La primera noche fue larga y difícil. Tod estaba asustado y confundido. Extrañaba a sus amigos y su cálido hogar.

Cuando empezaba a sentirse desesperado, ¡descubrió la más hermosa criatura! Era Vixey, a quien Mamá Búho había llamado para que ayudara al zorro solitario. Ella movió sus encantadoras pestañas pronunció un dulce "Hola", y Tod se enamoró.

Felices, los dos zorros pasearon juntos por el bosque. En poco tiempo, Vixey le enseñó a Tod a pescar y a sentirse cómodo en su nuevo hogar silvestre. Mamá Búho, Dinky y Trabalenguas vinieron a

visitarlo, y Tod supo que todo estaría bien.

Esa noche, cuando él y Vixey regresaban a su madriguera, Tod alcanzó a ver un objeto brillante entre las hojas. ¡Clam!

¡Clam! ¡Clam!, saltaron las trampas que había puesto Amos. Aunque no se permitía la caza en el santuario, Amos y Toby perseguían a Tod, pues lo culpaban por las heridas que Jefe había sufrido la última vez que los sabuesos fueron tras Tod.

Raudos y veloces, Tod y Vixey escaparon de Amos y Toby, ¡pero vieron con desesperación que un oso gris atacaba a los cazadores! Tod no podía permitir que le hicieran daño a su

viejo amigo, de modo que arriesgó su vida para hacer que el oso lo siguiera hacia una catarata. Cuando Tod trepaba por la orilla, casi sin aliento, Amos apuntó su rifle hacia el zorro.

"Si quiere matarte, tendrá que dispararme a mí primero",

dijo Toby, al tiempo que se paraba delante de su viejo amigo.

Toby sabía que Tod había arriesgado su vida para salvarlos y

finalmente se dio cuenta de lo importante que era la amistad.

Un amigo de verdad, como Tod, siempre sería un amigo.

Contentos y en paz, Tod y Vixey permanecieron juntos y su amor floreció en la libertad de su hogar en el bosque. A veces, Tod observaba a Toby desde un peñasco que dominaba el valle, sabiendo que ni el tiempo, la distancia o las leyes de la naturaleza podrían romper el lazo que existía entre ellos.

Disney · PIXAR

bichos

una aventura en miniatura

POR EL AMOR DE UNA PRINCESA

La princesa Dot creía en Flik aun cuando sus inventos causaran líos. Después de todo, era inteligente y amable, y siempre la escuchaba. Aunque Dot era sólo una hormiguita, Flik la trataba como si fuera importante. "Algún día serás grande", le dijo a la princesita.   Mostrándole una piedra, le dijo que se

imaginara que era una semilla. "Ahora es muy pequeña, pero cuando crezca será un árbol enorme."

Cuando Flik decidió ir a la ciudad, Dot estuvo de su lado. Flik iba en busca de bichos rudos que pudieran luchar contra los saltamontes que aterrorizaban la colonia de hormigas. Las otras hormigas no creían que Flik pudiera regresar con vida. Sin embargo, Dot se despidió con fe en su amigo, mientras volaba en la esponjosa corola de un diente de león.

"¡Traerá a los bichos más grandes, malos y rudos que jamás

hayan visto!", les dijo a dos chicos hormigas que se mostraban escépticos.

Al poco tiempo, Flik regresó. "¡Lo lograste!", gritó Dot con alegría, pero su hermana, la princesa Atta, estaba preocupada. ¿Podrían de veras estos bichos grandes derrotar a los saltamontes? Nadie sabía que Flik había traído a una compañía de

artistas de circo que pensaron que Flik era un buscador de
talentos.

Atta los aceptó cuando el extraño grupo salvó valientemente a
Dot de un peligroso pájaro. "¡Hurra!", gritaron las hormigas. Sus
aplausos sorprendieron a los bichos de circo. Nadie los había

apreciado antes. Se sintieron orgullosos y la colonia los trató como héroes.

Cuando las moritas, las hormiguitas exploradoras, les pidieron autógrafos, la compañía de circo decidió quedarse por un tiempo, pero le aclararon a Flik que no eran guerreros. Él les aseguró que con su nuevo plan de construir un pájaro, no tendrían que pelear.

Después prometió ayudarles a escapar cuando llegaran los saltamontes.

Después del rescate de Dot, la princesa Atta llevó a Flik aparte y le dijo: "Quiero disculparme", explicándole que había dudado de los guerreros. "Supongo que temía cometer un error. Nadie cree que seré una buena reina. Parece como si todos estuvieran

esperando que yo..."

"...fracasara", la interrumpió Flik. "Conozco esa sensación."

La princesa Atta sabía que Flik la comprendía, y se sintió culpable por no haber confiado en él. Entonces pensó que ahora las cosas serían diferentes. Se sentía orgullosa de formar parte del nuevo plan de Flik, y exigió a la colonia que siguiera las órdenes de Flik para construir el pájaro que ahuyentaría de una vez por todas a Hopper y a sus secuaces.

Cuando terminaron el pájaro, Flik le dijo a los bichos cirqueros que podían irse, pero éstos habían cambiado de parecer. Creían en Flik. "Dim no se quiere ir", dijo el escarabajo azul gigante, y los

demás estuvieron de acuerdo.

Fue en ese momento que las hormigas descubrieron que habían depositado su confianza en artistas de circo, no en guerreros. ¡Atta no podía creer que Flik le hubiera mentido! ¡Ella había confiado en él! Furiosa, lo expulsó junto con sus amigos cirqueros.

"Está bien", decían los bichos para consolar al abatido Flik.
"Ser un artista de circo no es tan malo."

Pero Flik estaba demasiado triste para que lograran animarlo.
Cuando Dot lo alcanzó, Flik seguía sintiéndose miserable, pero la
princesita sabía que su corazón no le había mentido. Ella y los
bichos cirqueros creían que el
plan funcionaría si podían hacer
que Flik recuperara la confianza
en sí mismo.

Dot sabía cómo hacerlo.
Puso una piedra a su lado, para

recordarle la conversación que habían tenido sobre una semillita

que se convierte en un árbol enorme. Inclinando la cabeza para

agradecerle a su gran amiga, Flik regresó a la Isla de las Hormigas

con Dot y los bichos de circo.

Flik trabajó valerosamente con la ayuda de sus amigos, pero su

proyecto falló y Hopper se enfureció más que nunca. Cuando Flik

se paró delante del abusivo saltamontes, la princesa Atta se dio cuenta de que había sido demasiado dura al juzgar a Flik. Al fin veía lo que Dot siempre había sabido: Flik siempre había puesto en primer lugar el bienestar de la colonia.

Cuando Hopper tomó a Flik como rehén, la princesa Atta

supo que sólo ella podría salvarlo. Voló tras ellos, arriesgando su

vida, y arrancó a Flik de las patas del saltamontes. Cuando Flik le

aconsejó que volara hacia el nido del pájaro, ella confió en el sabio

instinto del joven, y Hopper se convirtió en el almuerzo de tres polluelos hambrientos. ¡Por fin las hormigas estaban libres!

Atta y Flik regresaron felices a la Isla de las Hormigas. Flik se sintió orgulloso al ver que Atta era coronada reina y ella lo designó inventor oficial de la colonia.

Sólo los bichos cirqueros sintieron un dejo de tristeza. Sabían que ya era hora de emprender un nuevo viaje. Pero sus corazones estaban llenos de alegría y nueva confianza. Agradecidos, se despidieron de la princesa Dot, Flik y la reina Atta.

WALT DISNEY

La Dama y el VAGABUNDO

LOS OPUESTOS SE ATRAEN

"Es una bella noche", cantaba Tony mientras Reina y Golfo comían el mejor espagueti de la ciudad. Distraídos con los músicos, ninguno de los dos perros se dio cuenta de que estaban comiendo la misma tira de

espagueti hasta que sus narices se encontraron. Con timidez,

Reina entornó la mirada, y Golfo acercó cortésmente una

albóndiga hacia su hermosa compañera. Qué noche tan

romántica, pensaban los dos al caminar por la ciudad con los

estómagos llenos y las

estrellas sonriéndoles

por las calles

tranquilas.

En un compromiso

sin palabras, pusieron

sus huellas juntas en

cemento fresco y se

miraron con amor Después, Golfo guió a Reina por un pacífico parque y se quedaron dormidos. Cuando Reina despertó al amanecer, estaba feliz, pero se quedó atónita al darse cuenta de que había pasado demasiado tiempo fuera de casa.

Golfo se sintió sorprendido de que Reina deseara regresar a su patio cercado. "Abre tus ojos a lo que puede ser realmente la vida de un perro", le dijo mientras miraban un hermoso paisaje campestre. "Quién sabe qué experiencias maravillosas puedan tener dos perros, y están ahí para nosotros."

Reina sonrió: "Suena maravilloso, pero ¿quién cuidará del bebé?"

Golfo se dio cuenta de que Reina era muy fiel a su familia humana. Jaime y Linda eran muy amables, le daban la mejor comida, una casa tibia y mucho amor. "Con Reina aquí, creo que nuestra vida está casi completa", había dicho alguna vez Jaime, y ahora que el bebé había nacido, sus vidas eran aun más plenas. Reina sintió que la necesitaban de una forma que

nunca antes había conocido. Se sentía ansiosa de regresar a casa para proteger al pequeñito al que le había tomado gran cariño.

Sin embargo, cuando regresaron, Jaime y Linda aún estaban de viaje. La tía Sara, que estaba enojada con la perrita por haberse escapado, encadenó a la pobre Reina afuera, junto

a la perrera. La anciana no la comprendía, y trató a Reina con aspereza, pero por fortuna no le volvió a poner un bozal.

Con el corazón apesadumbrado, Reina se resignó a pasar una noche fría y solitaria, pero apenas se había acostado cuando se levantó sorprendida. ¡Una rata enorme había entrado al patio!

Cuando intentó perseguirla, su cadena le dio un fuerte tirón y Reina vio desesperada que la rata se escabullía por una ventana abierta hasta

el cuarto del bebé. Temiendo lo peor, ladró con todas sus fuerzas.

"¿Qué sucede, muñequita?", le preguntó Golfo, que llegaba corriendo a ayudarle. Cuando

Reina le explicó, él se apresuró a proteger al bebé y luchó contra la malvada rata hasta que la mató. Reina, que había logrado desprender la cadena, se paró a su lado, llena de orgullo; en eso entró la tía Sara para ver al bebé que lloraba.

"¡Santo cielo!", exclamó la tía Sara cuando vio que la cuna

estaba volcada y el cuarto hecho un caos. Como no vio a la rata,

culpó a los dos perros y llamó a la perrera para que se llevaran

a Golfo. Reina ladró desesperada.

Por suerte, pronto llegaron Jaime y Linda. "Reina trata de

decirnos algo", insistía Jaime. De inmediato, Reina los condujo

hasta la rata.

Al escuchar a los humanos, Jock y Triste, los amigos de

Reina, se dieron cuenta de lo que había sucedido. "¡Debemos

detener esa carreta!", declaró Triste, tratando de olfatear el

rastro del perrero. Jock lo siguió y muy pronto alcanzaron a

Golfo. Sin embargo, cuando intentaron hacer que el perrero se

detuviera, la carreta quedó fuera de control, se volcó y cayó encima del pobre y viejo Triste. Jock estaba inconsolable, hasta

que descubrió que su amigo sólo tenía una pierna rota.

En ese instante, Jaime y Linda llegaron con Reina. Muy

sorprendido, Golfo regresó a casa con su nueva familia y se dio

cuenta de que, después de todo, se podía confiar en algunos

humanos. Vivir en un patio cercado no era tan malo, pensaba

Golfo mientras mostraba a Jock y Triste su nuevo collar y su

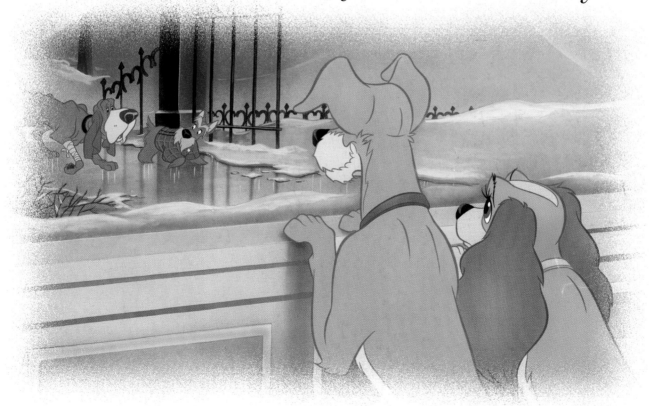

placa. Hasta el bebé era feliz jugando con los nuevos cachorros.

Reina miraba con orgullo su familia humana y su familia

canina, y sentía su corazón lleno de gozo.

Disney

Bernardo y Bianca

RATONES PEQUEÑOS, CORAZONES GRANDES

Las lágrimas rodaban por las mejillas de Penny mientras la niña miraba el pantano. "Ten fe", le había dicho el viejo gato Rufus en el orfanato. Creía que Penny era muy especial y estaba seguro de que había una mamá y un papá que buscaban

una niña exactamente como ella. ¿Pero cómo podrían encontrarla

en la Laguna del Diablo? Había intentado escapar muchas veces,

pero los cocodrilos de

Medusa la

encontraban siempre y

la llevaban de regreso

a la lóbrega barcaza.

Dos ratoncitos

observaban a Penny

desde su pequeño bote

formado por una hoja,

y se preguntaban si

podrían ayudar a la pobre niña. Hasta ahora, ya los habían lanzado desde un auto, casi se habían ahogado, los cocodrilos los persiguieron y Medusa les había disparado.

"La Sociedad de los Rescatadores confía en nosotros", le recordó Bianca a su amigo. Bernardo asintió. Tan sólo era un conserje en la sociedad, pero no había ningún ratón más fiel. Nunca se había sentido tan orgulloso como el día en que la hermosa señorita Bianca lo había escogido

para ser su compañero.

De modo que mientras Penny rezaba pidiendo ayuda, los ratones treparon por su ventana. "No te preocupes, Teddy. Estaremos bien!", sollozaba Penny.

"Penny", la llamó Bianca suavemente. Cuando la niña levantó el

rostro manchado de lágrimas, los ratones le explicaron que habían encontrado su mensaje en una botella y habían venido a rescatarla.

Los ojos de Penny se iluminaron. Hizo volar a Teddy por los aires, muy emocionada. Y de pronto se paró en seco. "¿No trajeron a nadie con ustedes... como la policía?"

Bernardo negó con la cabeza, honestamente.

"Pero si los tres trabajamos juntos y tenemos un poco de fe...", comenzó a decir Bianca.

"Las cosas mejorarán", terminó Penny. Sonriendo, pensó en Rufus. Tal vez estos ratones la pudieran ayudar.

Juntos hicieron un plan. Primero, Bernardo pidió la ayuda de sus amigos que vivían en la laguna. Penny les mostró un viejo elevador que podría ser una buena jaula para los cocodrilos. Podían encender fuegos artificiales para distraer a Medusa y

escapar en el bote . "¡Esto es tan emocionante!", exclamó Bianca, abrazando al tímido Bernardo. Hasta Penny se rió por primera vez en semanas.

Sin embargo, su alegría duró poco. Cuando Medusa vino por la pobre niña, Bernardo y Bianca se escondieron en el bolsillo de Penny. De nuevo, Penny tendría que buscar el diamante Ojo del Diablo.

"¡A Teddy no le gusta ir ahí!", le suplicó la niñita.

La oscura cueva le daba miedo, pero a Medusa no le importaba. Le arrebató el osito de peluche. "¡Encuentra ese diamante, o nunca volverás a ver a tu precioso Teddy!"

Penny estaba muy asustada, pero obedeció. La cueva era aterradora pero al menos esta vez Bernardo y Bianca estaban ahí para ayudarle. De pronto, el suelo se estremeció y se quedaron mirando el agujero por donde el agua silbaba amenazadoramente y salía a borbotones. "Si yo fuera pirata, es exactamente ahí donde escondería el Ojo del Diablo", dijo Bernardo.

Aunque atravesar hasta el otro lado resultaba muy peligroso, los ratones se ayudaron a pasar el hoyo. Por supuesto, el diamante estaba ahí, ¡escondido dentro de una calavera! Bernardo y Bianca trataron de sacarlo, pero el diamante era demasiado grande.

"¡Está bien atorado!", le explicó Penny a Medusa. La marea estaba subiendo, pero Medusa no quiso ayudarle a salir para ponerla a salvo. "¡Me traerás ese diamante o nunca volverás a ver la luz del día!", rugió.

Valientemente, Penny atravesó el agujero y usó una espada como palanca para abrir el cráneo justo en el momento en que el agua entraba. Bernardo y Bianca pidieron auxilio, pues estaban atrapados en

un remolino. Penny arriesgó su vida para salvar a sus amigos y una ola los lanzó hacia arriba y los hizo caer en la cubeta justo a tiempo.

"¡Regrésame mi Teddy!", gritó Penny, pero Medusa no hizo caso de su ruego desesperado. Escondió el diamante entre sus ropas y le apuntó a Penny con un arma, pera mantenerla alejada.

Por suerte, Bernardo y Bianca pensaron rápido. Ataron un

alambre de un lado a otro de la entrada y lograron que Medusa

tropezara. Penny recuperó a Teddy, los Rescatadores corrieron tras

ella y todos saltaron al bote.

"¡Lo logramos!", exclamó alegremente Bernardo cuando estuvieron a salvo.

Al siguiente día, Bernardo y Bianca vieron a Penny en la televisión. Estaban contentos de que su amiga fuera tan feliz. A

Penny la habían adoptado y parecía encantada con Teddy y sus nuevos padres. "Dos ratoncitos me rescataron", le dijo al mundo. ¡Penny nunca olvidaría a sus valerosos amigos!

Walt Disney

Bambi

ATOLONDRADO

Cuando el príncipe Bambi aprendió a caminar, un conejito muy franco se convirtió en su animado guía en el mundo exterior. Bambi caminaba a tropezones detrás de Tambor y sus hermanos y hermanas. "Es un poco tonto, ¿no?", dijo Tambor, y todos los conejitos se rieron mientras el pequeño príncipe se acostumbraba a sus patas largas e inexpertas.

Cuando estaban explorando el bosque,

Bambi se detuvo a mirar unos pájaros de hermosos colores. *"Di pájaro"*, le sugirió inmediatamente Tambor. "Puj...", intentó el cervatillo. "¡Pá-ja-ro!", lo corrigió Tambor. Muy pronto, Bambi estaba diciendo su primera palabra, y los conejitos lo felicitaron con saltos y aplausos.

Las siguientes palabras que aprendió Bambi fueron *mariposa*

y *flor*. Tambor le mostró cómo podía oler la fragancia de las flores, pero cuando Bambi se inclinó hacia las flores tocó una naricilla negra.

"¡Flor!", exclamó el cervatillo con orgullo. Tambor se torcía de risa al ver que un zorrillo asomaba su cabeza entre las flores. "No es una flor", empezó a explicar el conejito. "Es un pequeño..."

"Está bien", lo interrumpió el tímido zorrillo. "Puede

llamarme Flor si lo desea." El joven príncipe se ganó el corazón del zorrillo, que estaba feliz con su nuevo nombre.

Al poco tiempo, mientras jugaba en la pradera, el cervatillo cautivó otro corazón. Cuando miraba su reflejo en el agua, la hermosa cara de Falina, una cervatilla, apareció al lado de la suya. Asombrado, Bambi dio un brinco. De pronto se sentía tímido al mirar los enormes ojos azules de la cervatilla.

Falina se rió con ganas del nerviosismo de Bambi.

Se puso a saltar a su alrededor y ocasionó que Bambi tropezara con unas cañas y cayera en el arroyo salpicándolo todo.

Para tomarle el pelo a su amigo, la cervatilla se inclinaba entre las cañas para besarlo y luego corría al otro lado para lamer su otra mejilla.

Bambi no estaba tan divertido como su inquieta amiga.

"¡Tú!", gritó saltando de repente hacia Falina. Ella soltó una risita y corrió, y él la persiguió por la pradera. Su enojo muy pronto se convirtió en gozo. Era divertido jugar con otro ciervo.

Rápidamente las estaciones cambiaron. Bambi despertó una mañana y se sorprendió al ver que el mundo estaba cubierto de blanco. "Es la nieve", le explicó su madre. "Ha llegado el invierno."

¡Vaya que sí! Bambi y Tambor se deleitaron con las maravillas del invierno. Tambor incluso trató de enseñarle a su amigo a patinar en el hielo, pero las pezuñas y las patas delgadas no están diseñadas para superficies resbalosas. Con paciencia,

Tambor lo empujó, lo jaló y lo aguijoneó para que se mantuviera de pie. Sin embargo, Flor no compartía su diversión. "Todas las flores dormimos en el invierno", les informó a sus amigos.

Al paso de las estaciones, Bambi y sus amigos se convirtieron en apuestos machos jóvenes. El Amigo Búho les había advertido que muy pronto se sentirían "atolondrados", es decir que se enamorarían.

"¡Eso no me sucederá a mí!", declaró cada uno de los tres amigos y se alejaron desdeñosamente.

Entonces, sin previo aviso, Flor sintió que su corazón se

aceleraba. Dos de los ojos azules más hermosos que jamás había visto lo miraban fijamente desde un seto de margaritas. Cuando la zorrillita lo besó, Flor se puso todo rojo. Sonriendo, la siguió entre las flores, se volvió apenas un instante hacia Bambi y

Tambor, y se encogió de hombros. "¡Atolondrado!", gritó Tambor, escuchando las alegres risitas de Flor y la encantadora zorrillita, que se estaban conociendo. Sin poderlo creer, él y Bambi siguieron su camino.

De pronto, ¡Tambor se detuvo en seco! Se volvió a mirar una preciosa conejita que se esponjaba el pelo de sus mejillas. Con un revoloteo de sus largas pestañas y un beso, hizo que la pata de Tambor comenzara a redoblar sin control. El búho tenía razón:

se había enamorado.

Ahora Bambi estaba solo. Cuando se detuvo a beber en el arroyo, vio a Falina. Se había convertido en una hermosa cierva. Bambi se quedó mirando fijamente su reflejo y caminó de espaldas a un árbol en flor, enredando su cornamenta entre las ramas. "Hola, Bambi", le dijo Falina riendo suavemente. "¿Te acuerdas de mí?"

Esta vez no buscaba molestarlo cuando se inclinó a besarlo, y él no se limpió el beso como lo hizo cuando eran cervatillos. En lugar de eso, sus ojos se abrieron muchísimo. Sintiéndose en las nubes, saltó detrás de Falina como en un sueño. Mientras

paseaban por la pradera, Bambi estaba tan feliz que sintió que volaba.

Bambi y Falina decidieron pasar toda su vida juntos y pronto se convirtieron en los orgullosos padres de un par de cervatillos. Todos los animales del bosque fueron a admirar a los hijos de Bambi. Tambor llegó con su numerosa familia. Incluso Flor iba acompañado de su bebé zorrillo.

¡Qué feliz se sentía Bambi de compartir su alegría con todos los que amaba!

WALT DISNEP

Blanca Nieves
y los siete enanos

AMIGOS CON LOS QUE PUEDES CONTAR

Blanca Nieves miró a su alrededor. La espesura estaba en calma y el sol brillaba en el cielo azul. De noche se veía diferente... ¡había sentido tanto miedo!

"¿Qué hacen cuando las cosas van mal?", les preguntó

BlancaNieves a los animalitos del bosque que habían venido a ver a la encantadora princesa.

Cuando las aves comenzaron a cantar, ella se les unió. Siempre se había sentido mejor cuando cantaba. Luego les preguntó a los animales si conocían algún lugar donde ella pudiera quedarse. La condujeron hasta un claro del bosque donde había una linda casita.

No había nadie en casa cuando BlancaNieves entró. El salón

estaba sucio, los platos se apilaban en el fregadero y había ropa tirada por todos lados. Después de contar las sillitas de la mesa, BlancaNieves pensó que en la casita debían vivir siete niños desordenados.

Tal vez no tenían mamá, pensó con tristeza, y decidió sorprenderlos. Limpió la casa, preparó la cena y todo el tiempo cantaba mientras hacía ese trabajo. Ardillas, ciervos, mapaches y pájaros le ayudaron a

sacudir, lavar y trapear. BlancaNieves puso a calentar la sopa y

luego subió las escaleras. Arriba descubrió siete camitas, cada

una con un nombre

grabado en la

madera: Doc, Feliz,

Estornudo, Tontín,

Gruñón, Tímido y

Dormilón. Pensó

que eran nombres

muy raros para

unos niños, pero las

camas parecían muy acogedoras y se sentía terriblemente cansada. Cuando se acostó a lo largo de tres colchoncitos, los pájaros la cubrieron con una cobija, muy suavemente, y BlancaNieves pronto se quedó dormida.

Al poco rato llegaron a la casa siete enanos. "¡Toda la casa está limpia!", exclamó Doc y subieron las escaleras de puntillas, muy nerviosos. Al ver una figura grande bajo las sábanas,

pensaron que

se trataba de

un monstruo y

estaban listos

para atacarlo

cuando

BlancaNieves comenzó a levantarse.

Se quedaron viendo a la hermosa niña totalmente

sorprendidos. "Un ángel", susurró Tímido, pero Gruñón pensaba

muy diferente. "¡Todas las mujeres son como veneno!", insistía.

Los enanos se escondieron detrás de la cama. La princesa se

sintió maravillada cuando fueron asomándose por los pies de la

cama. "¡Ah, son hombrecitos!", exclamó alegremente. Sonriendo, adivinó el nombre de cada quien y les explicó que su madrastra, la reina, la había arrojado del castillo. "Trató de matarme", les dijo BlancaNieves, pero Gruñón no sintió compasión.

"¡Hay que echarla de aquí!", gritó, preocupado por la magia negra de la malvada reina.

"Ella no me encontrará aquí", les prometió la princesa. "Y

lavaré, cuidaré la casa,

cocinaré..."

Los enanos pensaron

en los pastelillos de

manzana y las tartas de

grosella que

BlancaNieves podría

preparar. "¡Se queda!",

dijeron y después la

siguieron alegremente

hasta la cocina para ver si

la sopa estaba lista.

"¡Lávense las manos o no comerán ni un bocado!", dijo BlancaNieves cuando les revisó las manos. Aunque los enanos odiaban el agua y el jabón, querían que la princesa estuviera contenta.

Después de cenar, tocaron música y bailaron. Hasta Gruñón tocó el órgano. ¡Nunca se habían divertido tanto ni habían reído así!

"Ahora te toca a ti hacer algo", le dijeron a BlancaNieves. Ella comenzó a contarles la historia de una princesa que se enamoró. "¿Eras tú?", le preguntaron, y ella asintió, recordando al apuesto príncipe que había aparecido cuando ella cantaba cerca del pozo de

los deseos. Sin saber qué hacer, la princesa corrió al interior del

castillo, pero cuando el príncipe le llevó serenata, se asomó al

balcón. "Fue tan romántico", les comentó a sus nuevos amigos.

Ella le había enviado un beso en las alas de una paloma.

Suspirando soñadoramente, los enanos le prestaron a

BlancaNieves sus suaves camas para pasar la noche. Incluso Gruñón estaba feliz de que ella se hubiera quedado.

"Te lo advierto... ¡no dejes que nada ni nadie entre en la casa!", le dijo a la mañana siguiente, cuando partía hacia el trabajo.

"¡Así es que sí te importo, Gruñón!", dijo BlancaNieves sonriendo mientras Gruñón salía dando fuertes pisadas. Después besó a Tontín con ternura y lo puso en camino.

Pero BlancaNieves olvidó la advertencia de Gruñón y permitió que una pobre anciana se acercara a su casa esa tarde. La anciana le ofreció una manzana y, sin sospechar que era la reina disfrazada, la pobre jovencita mordió la manzana

envenenada y cayó al suelo.

Los enanos y los animalitos del bosque sintieron gran dolor por su amada princesa, hasta el día en que apareció un príncipe que había escuchado la historia de una encantadora doncella en un ataúd de cristal. Al darse cuenta de que ella era la princesa que había estado buscando, la besó.

Lentamente, BlancaNieves despertó. Lleno de alegría, el príncipe la levantó en sus brazos

y los enanos y los animales se regocijaron con ellos.

BlancaNieves le dio a cada uno de sus amigos un beso de

despedida y se volvió hacia su amado. Mientras las aves

cantaban, la feliz pareja caminó hacia un castillo dorado, donde

vivieron muy felices.

DISNEP

Aladdin

LA PRINCESA
QUE NO QUERÍA CASARSE

La princesa Jasmín reía con su amigo Rajá. Aunque Rajá era un tigre, siempre había sido su mejor amigo. Ahora el tigre tenía un trozo del pantalón del príncipe Ahmed en su hocico. Jasmín y su mascota estaban muy contentos de haberse desecho del vanidoso pretendiente.

Sin embargo, esto no le hacía gracia al padre de Jasmín. "La ley dice que debes casarte con un príncipe antes de tu próximo cumpleaños."

Jasmín pensó que la ley era injusta. Ella quería casarse por amor. "Trata de comprenderme, nunca he hecho nada yo sola", le explicó. Más tarde, deseó no ser princesa. Se sentía atrapada como las palomas en su jaula.

Esa noche, la princesa se

disfrazó, pues planeaba escapar. Cuando comenzó a trepar por la muralla del palacio, Rajá tiró de su vestido. Se sentía triste al ver que Jasmín se alejaba, pero sabía que era lo mejor para ella. "Lo lamento, pero no puedo quedarme aquí y dejar que otros vivan mi vida", le explicó.

En el bazar, la vida era

bulliciosa y emocionante. Jasmín vio a un niño pobre, sintió

compasión y le dio una manzana. Como ella no podía pagarla, el

vendedor se puso furioso. Por suerte, un apuesto desconocido la

rescató. Corriendo a toda velocidad, escaparon y llegaron a su casa en una azotea.

Jasmín estaba fascinada con la idea de una libertad como

esa. Ese muchacho no tenía nadie que le dijera lo que podía o no

podía hacer. Mientras ella imaginaba su despreocupada libertad,

el joven miraba el palacio con anhelo. Sería maravilloso vivir ahí, pensaba, sin tener que preocuparse por conseguir su siguiente comida. "A veces, simplemente me siento atrapado", expresaron los dos al mismo tiempo.

Se miraron con sorpresa. Sintiendo una identificación profunda con este apuesto desconocido, Jasmín se inclinaba

para besarlo cuando, de pronto, los rodearon los guardias del palacio. No había manera de escapar.

"¿Confías en mí?", le preguntó el joven, tendiéndole la mano.

Ella lo miró a los ojos y colocó sus dedos en la mano de él.

Rápidamente, saltaron del alto edificio y un montón de paja amortiguó su caída. "¡Esta vez te atrapé, rata callejera!", gritó otro guardia. Jasmín reveló que era la princesa, pero de todos modos arrestaron a su amigo. "Sigo las órdenes de Yafar", le dijo el guardia.

En el palacio, Jasmín se enfrentó al consejero principal de su padre. El malvado Yafar la engañó cruelmente para que creyera que el apuesto joven había muerto. "¡Oh, Rajá!", lloraba

Jasmín, mientras el tigre intentaba consolarla.

Muchos días después, entró un desfile magnífico por las calles de Agrabah. La princesa Jasmín, que seguía muy triste, miraba desde su balcón. Sonaban las trompetas, había animales

que hacían trucos, los fuegos artificiales iluminaban el cielo, pero lo más impresionante era el príncipe Alí, que iba montado en un enorme elefante y lanzaba monedas de oro a la muchedumbre. Jasmín volvió su cabeza en señal de disgusto. ¿Acaso pensaba que podría comprar su matrimonio?

Le gritó al príncipe con enojo: "¡No soy sólo un premio que puedas ganar!" Pero el príncipe Alí no se rendiría. Esa noche, apareció en su balcón. Rajá gruñó protectoramente y estaba a punto de hacerlo huir, pero Jasmín pensó que el príncipe le parecía conocido. Se acercó un poco y él le mostró su alfombra mágica. "Podemos salir del palacio... ver el mundo", le ofreció el príncipe Alí.

Jasmín titubeaba, pero él se inclinó ofreciéndole la mano. "¿Confías en mí?", le preguntó, y de inmediato Jasmín

supo que era el mismo desconocido que la había rescatado en el bazar. Ilusionada, subió a la alfombra, que los llevó por los cielos llenos de estrellas. ¡Ella nunca había visto tales maravillas! Mientras volaban, se sintió más feliz que nunca. Apoyada en el hombro del príncipe Alí, lo tomó de la mano, deseando que nunca terminara esa noche romántica.

Por desgracia, muy pronto Yafar descubrió la lámpara

mágica del príncipe Alí y reveló que el amado de Jasmín era

Aladdín, un pobre muchacho de Agrabah que había usado un

deseo del genio de la lámpara para transformarse en el príncipe

Alí.

"Jasmín, siento mucho haberte hecho creer que yo era un príncipe", le dijo Aladdín humildemente. Jasmín sostuvo sus manos, pues no lo

amaba porque fuera un príncipe, sino por sí mismo. Incluso el sultán se dio cuenta de que Aladdín valía la pena. Cuando su padre cambió la ley para permitir que su hija se casara con el hombre que ella eligiera, Jasmín dijo: "Escojo a Aladdín."

Mientras los fuegos artificiales iluminaban el cielo y el genio y Abú se despedían a lo lejos, Aladdín y Jasmín se besaron.

Volaban sobre la alfombra y bajo ellos había todo un mundo nuevo donde podrían vivir juntos y felices para siempre.

POCAHONTAS

ESCUCHA A TU CORAZÓN

Pocahontas miraba el sabio rostro de su vieja amiga, la
Abuela Sauce. Estaba preocupada por un sueño acerca
de una flecha que giraba, y le preguntó: "¿Cuál es mi
camino?" La Abuela Sauce le explicó que había espíritus en la

tierra, el agua y el cielo. "Si los escuchas, ellos te guiarán", le dijo. Trepando a la copa de un frondoso árbol, Pocahontas sintió el viento que la acariciaba y vio a lo lejos unas extrañas nubes blancas.

Las nubes eran las velas de un barco que transportaba extranjeros. Pocahontas observó en secreto a un aventurero que exploraba el bosque esa tarde. Siguió sus huellas

hasta que, de repente, el hombre saltó de entre las sombras.

Los dos se miraron un largo rato. John Smith nunca había

visto una mujer tan bella y misteriosa. Quiso acercarse, pero

su movimiento asustó a Pocahontas, que corrió como un

ciervo hacia el río donde tenía su canoa.

"¡Espera!", la llamó mientras corría tras ella. "No te haré

daño." Aunque él hablaba un idioma diferente, ella lo escuchó con su corazón.

"Soy Pocahontas", le dijo al tomar la mano que él le tendía. Hablaron y se sintieron identificados de una manera que Pocahontas nunca había experimentado antes. Se rieron de Miko, un mapache travieso que hurgaba en busca de comida en la bolsa de John.

Pocahontas calmó a Flit, su amigo colibrí, que volaba sobre la cara de John para protegerla.

En su corazón,

Pocahontas reconocía la bondad de John Smith y se dio
cuenta de que estaba a salvo.

Pocahontas comenzó a cantar y lo guió por el bosque.

"Todos estamos conectados unos a otros", le dijo y le mostró la dulzura de la mamá osa con sus oseznos. Escucharon aullar a los lobos y observaron el vuelo de las águilas hasta un sicomoro. "¿Qué tan alto puede crecer un sicomoro?", preguntó Pocahontas. "Nunca lo sabrás si lo cortas."

Al sentir que la naturaleza tocaba su alma, John Smith empezó a darse cuenta de que su gente tenía mucho que aprender. Con Pocahontas como

maestra, pudo escuchar las voces de las montañas y hasta ver

los colores del viento. Esta sorprendente joven tenía razón:

nadie era dueño de la tierra.

Comprendiéndolo, sostuvo las manos de Pocahontas y la

miró a los ojos.

En la aldea india, Nakoma estaba preocupada por su amiga de la infancia. Le habían advertido que los colonizadores eran peligrosos, pero cuando John Smith apareció en su sembradío de maíz, Pocahontas le hizo prometer que no se lo diría a nadie. Nakoma se quedó callada pero se sintió incómoda al observar que las dos figuras desaparecían en las sombras de la noche.

Pocahontas

condujo a John hasta la Abuela Sauce mientras Miko y Flit

perseguían a su nuevo amigo, Percy, un perro del campamento

de colonizadores. Los ojos de la anciana miraron amablemente

los ojos azules de John. "Tiene un alma buena", le dijo a

Pocahontas. "Y también es apuesto."

John Smith se
rió. "Oh, me
agrada la Abuela",
dijo. Pocahontas
estaba muy feliz.
Cuando John
Smith se fue, la

Abuela Sauce sugirió que tal vez Pocahontas había encontrado su camino.

Nakoma no estaba de acuerdo y le rogó a Pocahontas que no volviera a ver a John Smith, pero de todos modos su amiga desapareció en el bosque. Temerosa, Nakoma envió a un

guerrero a buscar a la princesa. Cuando regresaron, habían

capturado a John Smith y Pocahontas cayó de rodillas con

gran dolor. "Lo siento", le dijo Nakoma, tomándola de las

manos. "Pensé que estaba haciendo lo correcto."

En el tipi del prisionero, Pocahontas lloraba. "Preferiría morir mañana que vivir cien años sin haberte conocido", le dijo John Smith con ternura.

Pocahontas fue a ver a la Abuela Sauce. Quería hacer algo, pero ¿cómo podría una chica detener una guerra entre dos pueblos? "Me siento perdida", le dijo al espíritu del árbol. Las orejas de Miko se levantaron. Rápidamente, el mapachito encontró una brújula que le había quitado a John Smith,

esperando que le ayudara a Pocahontas a encontrar su camino. En ella había una flecha que giraba. "¡Mi sueño!", exclamó la joven.

Sabía cuál era su camino y valientemente se dirigió a las aldeas en conflicto. Protegiendo a John Smith con su propio cuerpo, demostró que el amor es más fuerte que el odio. Aunque la paz llegó, John Smith había sido herido.

Pocahontas tenía el corazón

apesadumbrado, pero admitió que él debía regresar a Londres para curarse. "Siempre estaré contigo", le dijo y le dio un beso de despedida. Mientras miraba alejarse el barco, el viento los acarició una vez más.

Disney

E L
REY LEON

LA AMISTAD ES... DESPREOCUPADA

El corazón de Simba llevaba una pesada carga para un joven cachorro de león. Timón, una suricata, y Pumba, un jabalí, querían ayudar a su apesadumbrado amigo.

"Debes dejar atrás el pasado", le aconsejaba Timón. "Repite conmigo: ¡Hakuna Matata!"

Era la filosofía de Timón y Pumba. "Significa nada de preocupaciones", cantaron, y muy pronto Simba se unió al grupo.

Con sus amigos Pumba y Timón, Simba aprendió a reír de nuevo y a vivir el momento. El trío comía bichos, nadaba en el río, cantaba canciones, contaba chistes y dormía bajo las

estrellas.

La vida era buena siempre y cuando Simba no pensara en sus recuerdos dolorosos: la muerte de su padre, y su tío Skar diciéndole que él, Simba, era el responsable. Skar le había dicho que huyera y Simba seguía huyendo. Huía del dolor y la culpa.

Una tarde, Nala, amiga de Simba desde que eran cachorros, estaba cazando por ahí. La leona no sabía que su amigo aún

estaba vivo. Buscaba comida y su blanco era Pumba.

"¡Me va a comer!", gritó con pánico el jabalí, que estaba atorado en una raíz de árbol. Justo a tiempo, Simba saltó para rescatarlo. No fue sino hasta que Nala lo inmovilizó en el suelo que Simba reconoció el truco que ella siempre usaba cuando eran jóvenes.

"¡Nala!", exclamó lleno de alegría. Fascinada al ver que

Simba estaba vivo, la leona saltó a su alrededor, sin poder creerlo.

"Esta es Nala, mi mejor amiga", dijo Simba al presentarle a Timón y Pumba. Los leones habían sido compañeros de juegos, y se ponían de acuerdo para escapar a la vigilancia de Zazú, el consejero del padre de Simba. Incluso cuando la condujo al

peligroso cementerio de elefantes, Nala había estado a su lado.
"Creo que fuiste muy valiente", le había murmurado al regresar
a casa. Simba estaba feliz de verla de nuevo.

"No sabes cuánto
significa esto para todos...
lo que significa para mí",
le dijo Nala. "Te extrañé
de verdad."

Simba le frotó el
hocico. "Yo también te
extrañé", dijo, pero todavía
no estaba listo para

enfrentar su pasado.

Los leones caminaron juntos bajo el aire mágico de la noche. Se persiguieron entre la hierba y rodaron por una colina. Al detenerse suavemente, Nala besó a Simba. Fue un maravilloso momento de ternura y los dos se abrazaron.

"¿Por qué no regresaste?", preguntó Nala después de un rato. Simba había esperado esa pregunta e inclinó la cabeza, avergonzado. "Nadie me necesita", contestó, pero Nala no estaba de acuerdo. Le dijo que Skar había permitido que las hienas destruyeran las Tierras del Reino. "Si no haces algo pronto, todos morirán de hambre. Eres nuestra única esperanza", le

confió.

Aun así, Simba no estaba

listo para regresar. "No se

puede cambiar el pasado", se

decía a sí mismo, "y todo es mi

culpa".

En las cercanías, el sabio

mandril Rafiki lo llamó. "Eres el

hijo de Mufasa", le recordó.

Luego condujo al león hasta un estanque y le dijo que mirara

bien su reflejo. "¡Él vive en ti!", exclamó el mandril.

De pronto, las nubes tomaron una forma diferente y Simba

vio a su padre. "Recuerda quién eres", le dijo Mufasa desde las estrellas. "Eres mi hijo y el verdadero rey."

Simba temía actuar. Tratando de aclarar la cabezota de su amigo, Rafiki golpeó al león con su bastón. Simba se sorprendió: "¿Por qué hiciste eso?"

"No importa, ya pasó", le dijo Rafiki. "El pasado puede ser doloroso, y tú puedes huir de él o aprender de él." Mientras

Rafiki alzaba de nuevo su vara, Simba bajó la cabeza, evitando el golpe. Comprendiendo la lección, regresó a las Tierras del Reino para retar a su tío.

Lleno de tristeza miró toda la destrucción que Skar había causado. "Si yo no lucho por esto, ¿quién lo hará?", se preguntó.

"Yo", le contestó Nala, uniéndose a su causa con orgullo. Timón y Pumba también lo siguieron. "Simba, si es importante para ti, estamos contigo hasta el fin", le dijeron.

Los tres siguieron a Simba hasta la Roca del Rey. Todos lucharon en la batalla, incluso el viejo Rafiki. Las leonas ahuyentaron a las hienas mientras Simba se ocupaba de Skar.

"Yo maté a Mufasa",
admitió su malvado tío.
Simba sintió una oleada
de furia: por la muerte de
su padre, por años de
culpa, por la destrucción
de su hogar. Aplicando el
truco que Nala le había
enseñado, hizo caer a
Skar por un precipicio.

Con un gran rugido,
Simba por fin reclamaba

el lugar que por derecho le pertenecía como rey. Las leonas

repitieron su proclama y felices, le dieron la bienvenida a casa.

Cuando se corrió la voz del regreso de Simba, los animales

volvieron a poblar la pradera. La tierra comenzó a sanar y Simba y Nala fundaron su propia familia.

Disney

ROBIN HOOD

EL PRÍNCIPE DE LOS BANDIDOS

Hace mucho tiempo, en el bosque de Sherwood vivían dos bandidos: Robin Hood y el Pequeño Juan. Eran astutos y veloces, y también eran los mejores arqueros de esas tierras. El príncipe Juan quería arrestarlos y envió una cuadrilla tras ellos, pero lograron escapar. Con todos sus disfraces y sus habilidades, le habían robado su oro, sus joyas y, una vez, hasta su capa real.

Los habitantes de Nottingham los consideraban héroes. Cuando el sheriff venía a recaudar los exagerados impuestos, Robin nunca había dejado de regresar las monedas a los bolsillos de los aldeanos. En una ocasión, el sheriff se había llevado hasta el dinero del cumpleaños de un conejito, dejando a la numerosa familia de conejos sin un centavo. Cuando Robin Hood llegó, disfrazado de mendigo ciego, le dio al pequeño Saltarín su arco, su flecha y su sombrero para compensarlo por el regalo que le habían arrebatado. Los conejitos estaban encantados y la mamá coneja le dio las gracias mientras él le ponía una bolsa de oro en la mano.

"Te arriesgas tanto para mantener vivas nuestras esperanzas... ¡bendito seas!", exclamó la mamá coneja cuando él se alejaba.

Mientras Robin regresaba a su escondite, la hermosa Lady Marian soñaba con su novio de la infancia. Al mirar el cartel donde aparecía él como forajido, Marian le confió a su mejor amiga, Lady Kluck: "Debe saber cuánto lo sigo amando", y luego suspiró. Con una sonrisa,

Klucky le aseguró que muy pronto estarían juntos.

Robin también pensaba en Lady Marian. "La amo, Juanito",
confesó. El Pequeño Juan no se sorprendió. "Cásate con esa
chica", le aconsejó, pero Robin negó con la cabeza,
desesperanzado. "¿Qué le puedo ofrecer?", preguntó. "Soy un
forajido. ¿Qué clase
de futuro es ese?"

En ese preciso
momento llegó el
fraile Tuck y al
escuchar la
conversación, se sintió

indignado. "¡Oh, por todos los cielos, hijo!", exclamó. "No eres

un forajido. ¡Algún día te reconocerán como un gran héroe!"

Robin Hood y el Pequeño Juan se rieron de la idea mientras

el fraile Tuck les contaba que habría un torneo de arco. Lady

Marian había prometido besar al ganador. Los ojos de Robin

destellaron. ¡Podía ganar el concurso hasta con los ojos

cerrados!

Con su disfraz

más ingenioso, Robin

entró al torneo y le

guiñó un ojo a su

amada. "Te deseo

suerte", le dijo Lady Marian y luego susurró: "Con todo mi corazón."

Sin saberlo, Robin había caído en la trampa del príncipe Juan. Cuando ganó la competencia, el falso rey lo desenmascaró, lo arrestó y lo sentenció a muerte.

"¡No, por favor!", le suplicó Lady Marian al príncipe Juan. Confesando su amor, le rogó que le perdonara la vida a Robin.

"Marian adorada", dijo Robin. "Te amo más que a la vida."

El príncipe no quiso escucharla, pero el Pequeño Juan no podía fallarle a Robin. Amenazando al príncipe Juan con un cuchillo en su espalda, obligó al tirano a soltar a su amigo. Mientras la multitud los vitoreaba, Robin y Lady Marian se abrazaron, pero no pasó mucho tiempo antes de que el sheriff de Nottingham se diera cuenta de lo que estaba sucediendo.

Rápidamente, el Pequeño Juan le lanzó una espada a Robin. Mientras luchaba contra los soldados, el arquero conquistó el amor total de Lady Marian y le pidió que se casara con él. "Querido, pensé que nunca me lo dirías", le contestó feliz. Hasta Lady Kluck se había unido a la lucha contra los soldados, y todos escaparon al bosque de Sherwood.

Juntos de nuevo, Lady Marian y Robin se besaron en la romántica noche iluminada por cientos de luciérnagas. Robin le ofreció un anillo de flores, le declaró su amor y los dos regresaron al campamento de la mano.

Pero su alegría no duró mucho. El príncipe Juan estaba furioso porque lo habían humillado. Triplicó los impuestos y le ordenó al sheriff que arrestara a todos los que no pudieran pagar.

Por desgracia, la prisión se llenó rápidamente. ¡Hasta el fraile Tuck fue arrestado!

Robin Hood y el

Pequeño Juan decidieron que era hora de preparar la fuga. Sabían que el sheriff estaría alerta, pero Robin era un maestro del disfraz. En un abrir y cerrar de ojos, engañó a los guardias y arrulló al sheriff para que se durmiera. Después le robó las llaves. Mientras el Pequeño Juan liberaba a los prisioneros, Robin se escabulló a la habitación del príncipe Juan y se llevó hasta la última bolsa de oro.

Poco después, el

verdadero rey, Ricardo, regresó y envió a prisión al príncipe

Juan y sus sirvientes. Todos los amigos se reunieron para

celebrar con regocijo la boda de Robin Hood y Lady Marian,

y Nottingham volvió a ser un pueblo alegre y pacífico.

Disney

EL
REY LEÓN II
EL REINO DE SIMBA

EL AMOR LO SUPERA TODO

A Kiara le habían advertido que no debía ir más allá de las Tierras del Reino, pero su padre no le había dicho por qué. ¿Qué podría ser tan terrible?, se preguntaba la cachorrita con curiosidad. En cuanto sus fieles guardianes, Timón y Pumba, se

distrajeron comiendo bichos, que era su pasatiempo favorito, Kiara se escabulló para aventurarse por las Tierras Prohibidas.

Ahí conoció a otro leoncito. Los dos cachorros se ayudaron a atravesar un río peligroso lleno de cocodrilos. Entusiasmada por la aventura, Kiara exclamó: "¡Formamos un buen equipo!", y le sonrió a Kovu con admiración. "Fuiste muy valiente", le dijo.

Él la miró con curiosidad. Su madre, Zira, siempre le había dicho que no se debía confiar en los habitantes de las Tierras del Reino,

pero esta leona lo había salvado de los dientes del cocodrilo por lo menos una vez.

"Ajá, tú también fuiste bastante valerosa", admitió Kovu.

Kiara comenzó a saltar alegremente alrededor de él. Se reía y deseaba jugar, pero Kovu no comprendía. Nunca había jugado a "la lleva". Justo en el

momento en que Kiara comenzaba a hacerlo reír, ¡aparecieron sus padres, enseñando los dientes!

El padre de Kiara, Simba, era enemigo de la mamá de Kovu.

Como Zira era fiel a Skar, que había asesinado al padre de Simba,

el Rey León la había expulsado a Las Lejanías. Lo único que a ella

le importaba era la venganza, y le estaba enseñando a su hijo a odiar. Su plan era destronar a Simba y que su hijo fuera el nuevo rey.

"¡Toma tu cachorro y vete!", le ordenó Simba. Mientras los separaban, Kovu y Kiara se dijeron adiós tristemente, con un

susurro.

No se volvieron a ver sino hasta que ya habían crecido. Kiara era una hermosa leona joven y salió por primera vez de cacería. Había logrado que su padre le prometiera no intervenir, pero Simba sobreprotegía a su única hija. Como siempre, envió a Timón y Pumba para que la vigilaran... de lejos.

Cuando Kiara se topó con Timón y Pumba durante su persecución, se sintió traicionada y furiosa.

Como deseaba demostrar que podía arreglárselas ella sola, corrió a cazar a Las Lejanías. No sabía que los habitantes de esas tierras observaban cada uno de sus movimientos y cayó fácilmente en su trampa.

Rápidamente, Zira y sus seguidores incendiaron la llanura alrededor de Kiara. La joven leona corrió hasta caer inconsciente. En ese momento apareció Kovu. Entrenado para vengar a Skar, rescató a la princesa como un paso hacia su meta de matar a Simba. Estaba listo para cualquier cosa... excepto para enamorarse.

"Gracias por haberme salvado", le dijo Kiara después de que Simba, a regañadientes, le permitiera a Kovu regresar con ella a la Roca del Rey. Kiara estaba feliz de que Kovu formara parte de su vida y sin darse cuenta lo distrajo de su misión. Llevándolo lejos de su padre, la leona le pidió que le enseñara a acechar a sus presas.

Cuando Kovu le mostraba cómo arrojarse sin hacer ruido,

encontraron a Timón y Pumba. Los ingenuos y divertidos animales trataban de deshacerse de las engorrosas aves que les ganaban su alimento. "¿Nos

ayudas con tu voz?", le pidió Timón. Con un rugido, Kiara

comenzó la persecución.

"¿Por qué hacemos esto?", le preguntó Kovu, sin entender.

"¡Para divertirnos!", contestó Kiara y le enseñó a disfrutar de la

risa. Él se sintió entusiasmado con la nueva experiencia.

Incluso después de que unos hipopótamos furiosos los persiguieron, se sentía más feliz que nunca. "¡Qué divertido!", gritó, sonriéndole a Kiara. Accidentalmente chocaron sus hocicos, llenos de timidez. "¡Vas bien, chico!", dijo Timón.

Esa noche, Kovu y Kiara descansaban en la hierba mirando a las estrellas. "¿Crees que Skar esté ahí arriba?", preguntó Kovu con vacilación. "No era mi padre, pero forma parte de mí."

Kiara sabía que él estaba preocupado y trató de consolarlo, pero él se retiró. Kovu se sentía confundido y no estaba seguro si debía

seguir el plan de su madre o seguir a su corazón.

Cerca de ahí Rafiki, el sabio mandril, los observaba. Condujo a los dos leones a un lugar al que llamó Upendi y los colocó en un bote. Mientras Kovu observaba a Kiara durante el loco paseo, se rindió a sus sentimientos hacia ella. Besándolo y riendo, Kiara adivinó: "Upendi significa amor, ¿verdad?"

Kovu decidió no seguir los pasos de Skar e hizo las paces con Simba. Pero los habitantes de Las Lejanías les pusieron una emboscada. "¡No!", gritó Kovu, pero era demasiado tarde. Simba pensó que Kovu era el responsable de la trampa y lo desterró.

Kiara tenía el corazón destrozado y estaba convencida de que

Kovu no era el responsable de la emboscada, de modo que escapó y se reunió con Kovu en las cenizas del incendio. "¡Mira! Somos uno", dijo Kovu mirando el reflejo de los dos en el agua. Cuando el viento hizo volar las cenizas y descubrió la hierba bajo ellas, supieron que su amor podría superar cualquier cosa. Corrieron de regreso a las Tierras del Reino y Kiara hizo que terminara la guerra. "¡Somos uno!", declaró.

Al establecerse nuevamente la paz en la Roca del Rey, Simba aceptó la relación de Kovu con Kiara. Todos acompañaron al rey y la reina en una celebración de la unidad.

Disney

AMIGOS EN APUROS

El gatito huérfano abandonado en la ciudad de Nueva York no tenía muchas oportunidades de sobrevivir. Pero un perro callejero llamado Dodger se compadeció del pobre gatito.

El gatito estaba muy agradecido con el perro. Dodger lo

había protegido de unos perversos doberman y lo había aceptado como parte de la pandilla. A Tito, Einstein y Rita les agradó tener un nuevo amigo, y el amo del barco, Fagin, había sido amable y bondadoso; le había leído un cuento mientras lo sostenía en su regazo.

Muy contento, el gatito se acurrucó cerca de Dodger para dormir. Al ver a su nuevo amigo dormido a su lado, el perro sintió que debía protegerlo y sonrió con ternura.

Al día siguiente, el grupo salió a ayudar a Fagin. El pobre hombre le debía dinero a un gángster, y los leales perros harían todo lo que pudieran para echarle una mano. Se separaron para hacer su trabajo, y Dodger le dijo a Tito que vigilara al

gatito.

Listo para la
aventura, el gatito siguió
al perro chihuahua hasta
un auto de lujo. Mientras
Tito trataba de quitar el
estéreo, el gatito saltó
nerviosamente al tablero,

tocó el arranque y provocó una descarga eléctrica que alcanzó a
Tito.

El gatito se asustó y trató de esconderse, pero una niñita se
inclinó desde el asiento trasero para calmarlo. Cuando Jenny lo

acunó entre sus brazos, el gatito se sintió más feliz que nunca.

"Te llevaré a casa", le prometió la niña.

Con mucho cariño, Jenny llevó al gatito a su elegante

departamento en la Quinta Avenida, lo llamó Oliver y le

preparó una comida especial. Además, le prometió: "Te cuidaré

bien."

Jugaron juntos y tocaron el piano. Jenny le compró un

hermoso tazón de plata y un collar que llevaba una brillante

placa con su nombre. Se había decepcionado cuando sus padres dijeron que no estarían en casa el día de su cumpleaños, pero ahora ya no se sentía tan sola. Oliver era justo el amigo que necesitaba.

Al día siguiente, en la escuela, Jenny estaba emocionada pensando que el gatito la esperaba en casa. No sabía que

Dodger y su pandilla se lo habían llevado de ahí cuando ella no estaba.

Cuando regresaron al barco, Dodger, muy ufano de su rescate, dejó salir a Oliver de la bolsa. "Ahora estás en casa", le dijo con orgullo. Pero Oliver no estaba contento. "Yo era feliz ahí", les dijo con tristeza. "Quiero regresar."

Apesadumbrado, Dodger reaccionó con enojo. "¡Entonces

vete!", le dijo rudamente, señalándole la puerta. Oliver

lamentaba haber herido a su amigo, pero sabía que su lugar

estaba con Jenny. Tratando de disculparse, estaba a punto de

salir cuando apareció Fagin. Al ver la costosa placa de Oliver, el hombre, que estaba desesperado, tuvo la idea de secuestrar al gatito para intercambiarlo por el dinero que necesitaba para pagar su deuda.

Por desgracia, Jenny recibió la nota. Con el corazón destrozado, la niñita salió a buscar a Oliver, acompañada de su perra vanidosa y consentida, Georgette. Llevaba su alcancía y siguió el mapa que Fagin había dibujado, pero era muy confuso y la niña se perdió.

Cuando la pandilla encontró a Jenny, estaba llorando, asustada.

"Estoy tratando de recuperar a mi gatito", le dijo a Fagin.

Avergonzado, el hombre le regresó a Oliver, pero el gángster

los estaba observando. Pensó que la niña valía más dinero que el gatito y entró a toda velocidad en su limosina negra, jalando a la niña por la ventana.

Oliver estaba enloquecido. "La salvaremos", le prometió Dodger. Como un gran equipo, la pandilla logró un rescate

espectacular, escapando con Jenny del almacén del gángster. Sin

embargo, el malvado tenía un auto más veloz que la motocicleta

de Fagin. Atrapó a Jenny con una mano, pero Oliver saltó

valientemente al auto y mordió al gángster. Fagin salvó a la

niñita y Dodger saltó para proteger a Oliver. En la limosina,

tuvo que luchar

contra los doberman.

La persecución

terminó por fin

cuando el gángster

cayó desde un puente

en construcción.

Dodger y Oliver

saltaron justo a tiempo. Rápidamente, Fagin regresó a

recogerlos, pero cuando Jenny levantó a Oliver, el gatito estaba

inconsciente. Todos miraron llenos de tristeza al valiente gatito, y

entonces abrió los ojos.

"¡Oliver!", exclamó Jenny, meciéndolo llena de gusto. La niñita lo abrazó con alegría y Oliver ronroneó entre sus brazos. Cuando Jenny celebró su cumpleaños, invitó a todos sus amigos animales y también a Fagin. Fue una fiesta principesca.

Disney

TARZAN™

SIEMPRE ESTARÁS EN MI CORAZÓN

El pequeño Tarzán miró angustiado su reflejo en el agua y cubrió su rostro con lodo. Deseaba con todo su corazón ser igual que los demás gorilas. "¿Por qué soy diferente?", pensaba. Quería verse como el resto de su familia. Deseaba moverse con la misma seguridad que ellos por los

árboles y también ser igual de fuerte.

Cuando su madre, Kala, lo encontró, sintió su dolor y trató de consolarlo. Le mostró que tenían las mismas manos y que el latido de su corazón era igual al suyo. Envuelto en el abrazo de su madre, el chico sintió una nueva fuerza y determinación. "¡Seré el mejor simio que haya existido", le prometió.

Fiel a su palabra, Tarzán se convirtió en un adulto con

grandes habilidades. Imitaba a los animales de la selva y forcejeaba con su mejor amiga, Terk, hasta que descubrió la manera de vencerla a pesar de su fuerza superior. Se columpiaba en los árboles a gran velocidad. Con una lanza que él había inventado, logró rescatar a Kerchak, el gorila jefe, de Sabor, la perversa leopardo.

Se sintió orgulloso de merecer la aceptación de sus compañeros. Hasta el día que conoció a Jane, Tarzán se había olvidado de sus dudas y lamentos.

Un día, al escuchar unos disparos, Tarzán decidió investigar el extraño ruido y se sorprendió al toparse con tres criaturas extrañas. Clayton, un cazador, guiaba al profesor Porter y a su hija, Jane, en una expedición para estudiar a los gorilas.

Cuando Jane se quedó atrás para dibujar un pequeño

mandril, Tarzán la rescató de la furiosa familia del mandril.

Después de la aterradora persecución, Jane trató de alejarse

del salvaje, pero él se acercó a ella, tocando sus manos con una

mirada de fascinación. ¡Eran iguales a las suyas! Ella sintió

temor cuando Tarzán escuchó el latido de su corazón y colocó

la cabeza de la chica sobre su pecho, pero se dio cuenta de que

no la lastimaría. Aunque sus ojos eran intensos, su sonrisa era amable y la trataba con suavidad.

"Tarzán", dijo él, señalándose, y empezaron a comunicarse. Poco a poco, Tarzán aprendió el idioma de Jane. Al visitar el campamento de los humanos, se sintió fascinado con las fotos de gente y lugares. Todo era nuevo para Tarzán. Jane y su padre, emocionados por su entusiasmo, se convirtieron en sus maestros.

"Nunca lo había visto tan feliz", le dijo Tantor a

Terk cuando lo observaban cortar flores para Jane. No podía

dejar de pensar en ella. El lazo que había entre ellos se había

convertido en algo más que una simple atracción. Una mañana,

Tarzán llegó al campamento y se sorprendió al saber que era

hora de que Jane se fuera.

"Jane. ¡Quédate!", le pidió Tarzán al tiempo que le

entregaba las flores. Llorando, Jane escapó. Estaba tan triste

como Tarzán por

su partida.

No lejos de

ahí, Clayton

fraguaba un plan

malévolo. Como quería capturar a los gorilas, le hizo creer a

Tarzán que Jane se quedaría si lograba encontrar a los simios.

Jane y su padre estaban encantados cuando Tarzán los

llevó con su familia. Llena de alegría, Jane observó que Tarzán

hablaba con los gorilas jóvenes. "¿Puedes enseñarme?", le

preguntó. Amablemente, Tarzán le ayudó a pronunciar

palabras de gorilas. Como los simios hicieron un alboroto, Jane

quiso saber qué le había enseñado Tarzán a decir. "Jane se

queda con Tarzán", le contestó, pero ella lo negó.

Esa noche, Tarzán se sentó en un árbol para ver el lejano

barco que estaba anclado en la bahía. No estaba seguro de lo

que debía hacer. Kala le había dicho que era su hijo, pero se

parecía a los

humanos. ¿Cuál

era su lugar?

Entonces, su

madre lo halló y

lo condujo en

silencio a la casa del árbol donde lo había encontrado hacía años. Un viejo retrato de su familia humana aún estaba en el piso. "Tan sólo quiero que seas feliz... cualquiera que sea tu decisión", le dijo.

Instantes después, él se había vestido con la ropa de su

padre. "No importa a dónde vaya, tú siempre serás mi madre", le dijo Tarzán al dirigirse a la playa.

"Y siempre estarás en mi corazón", le respondió ella.

Tantor y Terk miraban con tristeza al bote que se alejaba. "Ni siquiera pudimos

decirle adiós", se lamentó el elefante. Entonces, un grito salvaje

y desesperado se alcanzó a escuchar en la playa. ¡Tarzán estaba

en apuros!

Rápidamente, Tantor y Terk nadaron hacia el barco.

Clayton había encerrado a su amigo en la bodega. Lucharon valientemente contra los malhechores y liberaron a Tarzán y a Jane. "¡Pensé que nunca te volvería a ver!", sollozaba Terk.

Llamaron a los animales de la selva para que los ayudaran a combatir a Clayton y sus hombres, pero al tratar de salvar a Tarzán, Kerchak fue herido por una bala. "Perdóname por no

entender que siempre fuiste uno de nosotros", le dijo el gorila

agonizante a Tarzán. "Cuida de nuestra familia... hijo mío."

Hecha un mar de lágrimas, Jane ya se había despedido de

Tarzán, pero cuando estuvo en el barco se dio cuenta de que lo

amaba demasiado como para irse. Regresó a la playa y lo

abrazó llena de alegría, mientras la familia y los amigos los vitoreaban. "Oo-oo-ee-ej-uu", dijo Jane. "¡Jane se queda con Tarzán!"